明天的風

あしたの風

文｜壺井榮　圖｜阿力金吉兒　譯｜林宜和

步步出版

譯者的話

一九五〇年代初期，第二次世界大戰剛結束不久，戰敗的日本，到處是殘破的景象，許多家庭都非常窮困。故事主角夏子的家，就是其中之一。當初，日本帝國政府為了急速擴張領土，興起向外侵略的野心，不但發動長達八年的中日戰爭，又攻擊美國，引爆世界大戰。直到一九四五年八月，日本政府才宣布戰敗投降。這一連串可怕的戰爭，造成全世界數千萬人傷亡。日本也有兩百三十多萬名軍人戰死，和八十多萬名平民喪命，付出慘痛的代價。許多人在戰亂當中失去自己的親人，而夏子的家，也是其中之一。幸好，夏子還有一個親愛的媽媽。

1

夏子的媽媽很特別，有時候，她會忽然做出令人意想不到的事。讓孩子們驚喜，是媽媽最大的樂趣。

例如，在雨下個不停的日子裡，她看出孩子實在很想要一雙雨鞋，於是某一天，媽媽就悄悄買了一雙新雨鞋，趁孩子不注意，端端正正的把它放在玄關。在普通人家，下雨天穿雨鞋是再平常不過的事。但是，這一件再平常不過的事，對夏子的媽媽而言卻不是那麼簡單。只因為夏子的家實在太窮了，就連買一雙新雨鞋，也得再三考慮才行。

因為這樣，夏子沒有主動要求要買雨鞋，但媽媽卻完全明白她心裡在想什麼。原因很簡單，因為只要一下雨，夏子的脾氣就會不好。升上六年級之後，她把原來穿的雨鞋讓給弟弟，自己就沒有雨鞋可穿了。

即使夏子努力忍耐，有一天，她還是

禁不住向媽媽開口。

「媽媽，我好想要一雙雨鞋喔！有了雨鞋，我就可以在泥地裡啪搭啪搭的大步走，穿現在的高底木屐，既容易跌倒又不安全。所以我昨天才會走太慢，上學又遲到了……」

媽媽聽了，露出有點煩惱的表情，她

問夏子：

「是這樣啊，真對不起。班上沒穿雨鞋的，只有你一個人嗎？」

夏子想了一下，才回答：「也不是只有我一個人啦……」

「那麼，一共有幾個人呢？」媽媽問。

「兩個人。」夏子答。

「除了夏子以外，還有一個人？」媽媽再問。

「嗯，只有我和另一個同學。」夏子點頭。

「那麼，你有一個同伴啊。這樣好了，如果那個同學買了新雨鞋，媽媽就

給你買。你就再等一陣子吧！不然如果夏子先買了，只剩那個同學沒有雨鞋，人家不是會很傷心嗎？你就跟她作個伴吧！」

「不要，我討厭作這種伴啊！」夏子一口拒絕，拼命搖頭。

媽媽看見夏子的模樣，忽然笑了起

來：「呵呵呵，好啦，好啦！媽媽也不喜歡作這種伴。那我們就買吧！明天就去買。」

夏子一聽，高興得臉上綻放出大大的笑容。她抬頭看媽媽，卻見到媽媽直直盯著她。她趕緊別過頭，揮揮手說：

「我去上學了！」

夏子出門的時候，故意裝得很有精神。但是，在往學校的路上，她的心裡一直有個疙瘩，因為，她剛剛對媽媽說了謊。班上沒有雨鞋的同學，除了夏子以外，其實還有四、五人。雖然這樣，夏子因為太興奮，就順口說謊了。

媽媽要是相信夏子說的話，明天說不

定就會給她買新雨鞋……想到這裡，夏子的內心就快樂不起來了。媽媽一個人得辛苦工作，才能養活全家啊！她比誰都更清楚這一點，所以心裡更加不安了。

接著她想起了爸爸。

「為什麼？爸爸您為什麼要戰死

啊？」

可是她也知道，爸爸不可能是因為喜歡打仗，才去參加戰爭的啊！就在弟弟大吉出生的三天前，爸爸奉召出征了。不到一個月，就傳來爸爸陣亡的消息。再過不久，日本戰敗，戰爭就結束了。

當時夏子還小，並不記得所有發生的

事。但是從那時起，媽媽為了撫養兩個孩子而刻苦工作的身影，就如同墨水滲入紙張一般，深深透進了夏子的心中。

夏子的媽媽幫人織毛衣，賺錢維持家計。一年到頭，即使是炎熱的夏天，媽媽也不停的在打毛線。

每當媽媽看見顏色美麗的毛線，一定

會說：「如果這一件是織給夏子的，該多好啊！」

夏子當然也這麼希望，但是，每當美麗的毛衣織完後，就會像長出翅膀一般，一件件從夏子的家飛走了。

不過，偶爾也會有意想不到的驚喜。

通常都是在新年或過完年後沒幾天，當

迎春

夏子和大吉早晨睜開眼睛，發現枕頭旁邊竟然擱著新衣，那簡直是最令人開心的時刻。

「哇！媽媽，這件是給我的嗎？我還以為是客人的呢。您都沒告訴我！」

媽媽聽了，就說：「因為你和弟弟老是要搶第一，每次，誰的毛衣比較晚織好，就會生氣、吵架。所以，在兩個人的毛衣都完工以前，媽媽就先保密啦！」

要湊錢買姊弟兩人份的毛線，需要花費媽媽多少汗水，夏子比誰都清楚。也因為這樣，她明白家裡買不起雨鞋。更何況一到夏天，媽媽的工作就會逐漸

減少。然而，雖然這些情況她都知道，
卻還是說了謊。
夏子越想越難過，可是她不能馬上回
家道歉。現在回家，上學又會遲到。不
過，媽媽是說明天才買，那麼還來得及
跟她說不要了。

2

一從學校回到家，夏子馬上跑去媽媽旁邊坐下，說：「媽媽，班上沒有雨鞋的不只兩個人啦！一共大概十個人喔，所以我會再忍耐，先不用買了。」

夏子其實想跟媽媽道歉，所以氣急敗

壞的說完，她就放心了。媽媽看她如釋重負的表情，好像也安下心來，嘆了口氣，才說：「是這樣嗎？那麼我們就再等等吧！媽媽得想想辦法。」

「嗯，沒問題。我一點都不著急。」夏子趕緊點頭。

就這樣，她們沒再提雨鞋的事。其

實，也真的是買不起。但是，隨著日子一久，想買雨鞋的念頭又開始在夏子心中浮現，令她忍不住又發起脾氣。

「為什麼老是下雨啊？我最討厭雨了！」

夏子生著悶氣，也不跟媽媽說再見，就逕自出門了。於是，就在第二天早上，一雙新雨鞋悄悄的出現在玄關前。

「哇！是雨鞋呀！」夏子一面驚喜大叫，一面回頭問故意躲著不出來的媽媽：「什麼時候買的？媽媽，我可以穿嗎？」

媽媽慢條斯理的走出來，故作驚訝的說：「咦，這雨鞋是打哪兒來的啊？」

她一邊裝傻，一邊笑著說：「昨天我把織好的毛衣拿去交貨，回家的路上經過鞋店，看見擺著一批新雨鞋。我正好拿到工錢，所以雖然貴了點，還是橫下心買了！如果不買就回家，恐怕改天又捨不得買了。」

媽媽拍拍夏子的肩膀，說：「新鞋好

運道！」然後笑著送她出門。

夏子是多麼快樂啊！雖然雨鞋大了一點，但是大一點就可以穿久一點，這雙雨鞋的大小，就像媽媽寬大的心胸一樣。夏子一個人忍不住笑出來，沿路歡歡喜喜的走向學校。

結果，第二天就放晴了，讓夏子有點

靴屋

失望。她完全忘記自己曾經多麼討厭雨天，開始一心期盼著下雨的日子。

好不容易又下雨了！當夏子再度穿上雨鞋的時候，媽媽對她說：「雨鞋上最好寫個名字。今天從學校回來，順道去腳踏車店，拜託他們用油漆幫你寫上吧！」

「好。」夏子趕緊點頭。

「用白油漆比較顯眼。不要寫名字，寫個姓就好，這樣以後弟弟也可以穿。」媽媽叮囑。

「我知道了。」夏子說。

「前幾天天氣好的時候，忘了先去拜託腳踏車店啊。」媽媽有點後悔的說。

自転車

3

媽媽的擔憂彷彿應驗了似的，就在那一天，夏子的雨鞋不見了！

夏子臉色慘白，到處瘋狂的找雨鞋。

那雙比誰都簇新，比誰都黑漆漆亮光光的雨鞋，那雙內裡還加縫一層針織布

的高級雨鞋，不知道在什麼時候，竟然消失不見了！

是被誰惡作劇藏起來了嗎？夏子這麼想，於是她拼命翻找走廊的共用鞋櫃，再三檢查教室的儲物櫃。但是，哪裡都找不到。

在淅淅瀝瀝的雨中，夏子光著腳，把

操場旁邊的斜坡草叢，都徹底翻了一遍。

還是沒有。廣闊的操場已經沒半個人，夏子孤零零的站在角落，嗚嗚的哭了起來。藍色的制服被雨淋得濕透，

譯者註：日本的中小學校大都規定，得在走廊脫下家裡穿來的鞋，換穿室內專用的白布鞋，才能進教室上課。

都黏在她的身上。

夏子不停的掉眼淚，不知道過了多久。

「小夏！」

聽見背後呼喚她的，是媽媽的聲音，夏子忍不住大聲哭出來。

「不要難過了，回家吧！要是感冒可

就糟了！」媽媽的聲音好溫柔。

原來，媽媽發現夏子很晚都沒回家，到附近的同學家打聽，才知道她在學校丟了雨鞋。媽媽知道後趕緊出門，來學校接夏子。

日暮時分的寂寥街道上，夏子和媽媽共撐一把傘走回家。媽媽摟著夏子的肩

膀，安慰她說：

「沒辦法，只是運氣不好啦！不過，光是傷心洩氣也沒有用，你說對不對？」

但是，夏子卻又忍不住哭起來。在街燈模糊映照的大路上，媽媽小心護著女兒往前走。經過鞋店的時候，媽媽忽然停下腳步，頭也不回的走進店裡。

「前一陣子買的雨鞋，還有同樣的款式嗎？」媽媽問老闆。

「有的。」老闆說。

「可以再幫我保留一雙嗎？我改天再拿錢來買。」媽媽拜託老闆。

和媽媽熟識的老闆，瞥見屋簷下光著

腳站在那兒的夏子，就說：「沒關係，請先拿去吧！來、來，小妹妹，請你現在就穿回家吧！」

老闆說完，又拎來毛巾和一桶水，讓夏子把雙腳洗乾淨。聽完媽媽說夏子在學校丟雨鞋的事，老闆覺得很同情，就主動給媽媽減價五十圓。

譯者註：一九五〇年代初的雨鞋，一雙大約日幣五、六百圓。

穿上新雨鞋，走到店外，夏子已經不再哭泣，她向媽媽道歉：「媽媽，對不起……」

「沒關係，這不是夏子的錯。」媽媽說。

「可是，我們有買雨鞋的錢嗎？」夏子擔心的問。

「有啦，你不用擔心。如果讓夏子把今天的傷心不如意拖到明天，這樣不是很不舒服嗎？明天自然會吹明天的風啊！」

明天會吹明天的風……當媽媽這麼說的時候，一定是家裡的錢不夠用，開銷很緊，夏子心底也明白的。

為了今天再買的新雨鞋，媽媽就得從今晚開始，想辦法籌錢吧！而夏子的家，明天又會吹起什麼樣的風呢？

【導讀】

祈願愛與和平的壺井榮

林宜和（作家／兒童文學工作者）

壺井榮（1899-1967）是二十世紀日本的代表作家之一。

說起壺井榮的名作，首推《二十四隻瞳》。這部描寫二戰前後一群小學師生悲歡離合的長篇小說，說是日本反戰文學的金字塔也不為過。《二十四隻瞳》自一九五二年問

世之後，迄今改拍過兩次電影和七次電視劇集，並被製成動漫，在日本可說家喻戶曉。故事背景就是壺井榮故鄉的香川縣小豆島，由於這部作品的知名度，地方人士興建「二十四隻瞳電影村」，並設立「壺井榮文學館」，以紀念壺井榮的文學成就。此外，在小豆島的土庄港口，還有一個大型雕塑，主題是小說主角大石老師和她帶領的十二名學生，並由當時的日本總理鳩山一郎在雕塑上題字「和平的群像」。

壺井榮在十九世紀末的時候，出生於風光明媚的瀨戶內海小豆島，在十個兄弟姊妹中排行第六，加上雙親、祖母，及投靠她家的兩名孤兒，食指浩繁。壺井榮的父親原是做盛裝特產醬油的木桶製造商，卻在她上小學後事業失敗，因此她從小學三年級開始半工半讀，一邊上學一邊當小保母，有時還得背別人家的嬰兒到學校上課，非常辛苦。雖然如此，壺井榮努力念到高等小學校畢業（相當於現在的國中二年級）。畢業後，她在地方郵局和村公所工作，直到二十歲左右，才到東京投靠同鄉。其後，她在東京嫁給同鄉的詩人壺井繁治，與丈夫的文學同道交往，逐漸啟發她關心社會和對寫作的興趣，因而走上文學之路。

壺井榮的著作範圍廣泛，包含成人文學和兒童文學。成人文學方面，除了老少皆宜的《二十四隻瞳》之外，還有《曆》、《雜居家族》和《妻之位》等小說和散文。兒童文學方面，除了本書介紹的《明天的風》之外，還有《長柿子樹的家》、《坂道》等短篇故事，和《沒有母親的孩子與沒有孩子的母親》等長篇故事。壺井榮曾獲得藝術選奬文部大臣賞、新潮文藝賞、女流文學者賞和兒童文學者協會第一屆兒童文學賞等，著作等身，可惜六十七歲即病故，令人惋惜。

據兒童文學學者鳥越信分析，壺井榮的作品有幾個特色：第一是反戰精神，第二是鄉土色彩，第三是母性文學，第四是口語書寫。壺井榮並不直接形容戰爭前線的慘狀，而是著力描寫戰線後方顛沛流離的平民百姓，間接控訴戰爭帶給人類的痛苦。她一直站在庶民的角度，用勤勞的生活者眼光敘述故事。她尤其熱愛自己的故鄉小豆島，許多作品都是以小豆島的鄉土風物為背景。壺井榮筆下的人物，則有許多默默犧牲奉獻的母親，她們在艱苦的時候不忘積極向前，用溫暖的心胸保護家人。而在寫作風格上，壺井榮的文章都用淺顯的口語，沒有多加裝飾，卻自然感動人心。

《明天的風》這則短篇故事，可說濃縮了壺井榮的文學特色。戰後生計艱難的單身母親，為了殷殷企盼一雙雨鞋的女兒夏子，努力攢工錢買給她。夏子不幸遺失雨鞋之後，母親不但沒有責難，又咬牙賒帳買一雙新的給她。母愛的溫柔和大度，充分流露在字裡行間。夏子身為單親家庭的女兒，雖然很想要雨鞋，卻明白母親的辛苦。因此，她獲得時有多麼感激和快樂，失去時又是如何震驚與悲傷。最後，夏子再度得到雨鞋，卻也表露出對母親的不捨和慚愧，更教讀者動容。作家藉夏子與母親的日常對話，刻劃她們相依為命、彼此體貼的親情，也鮮活勾勒出戰後艱難的日子。

故事後半，看見夏子母女困窘的情況，而主動打折又賒帳的鞋店老闆，顯現庶民善良的本性。另一方面，戰亂荒廢了部分人心，引誘脆弱的人走上邪路。在貧窮的環境下，一點私有財物也有人覬覦，隨時會被偷竊。壺井榮技巧的藉故事鋪陳，將社會景況與殘酷現實側筆描寫出來，教讀者反思戰爭的禍害與悲哀。

壺井榮經歷的時代，正是日本軍國主義猖獗，導向侵略戰爭的晦暗時代。在當時好戰氣氛的壓迫下，壺井榮從未寫過一篇頌揚戰爭的文章。相反的，她在戰時多寫故鄉溫馨的人情典故。戰後，壺井榮才一鼓作氣，將她對戰爭的不滿和憤怒發洩出來。《二十四隻瞳》裡的大石老師，在戰前原是天真活潑的新手老師，經歷了丈夫和學生出征傷亡，流離失散的際遇之後，變成滄桑的中年婦人。但是她仍然一本初衷，竭盡心力照顧學生，對憧憬從軍打仗的孩子，也叮囑：「我還是希望你只當一個普通的人。」

在壺井榮的眾多著作裡，個人印象最深的，是關於母愛的描述。壺井榮筆下的母親，都是根植大地、不畏艱難、仁慈寬厚的角色。《母親的手掌》是樂天的母親在捉襟見肘的生活中盡心盡力；《溫暖的右手》有正義的母親教孩子為犧牲的同學哭泣；《明天的風》結尾，夏子的母親揮別感傷，鼓勵女兒：「明天自然會吹明天的風啊！」氣度寬容有如大地之母。

《明天的風》在一九五〇年代初問世之後，由於故事表現不懼勞苦、迎向明天的陽光精神，給戰後百廢待興的日本社會，帶來很大的激勵。日本公營電視台NHK就用這個故事為藍本，再結合其他幾篇壺井榮創作的短篇小說，編寫描述戰後庶民生活的晨間連續劇，在一九六二年整整播出一年，劇名即是《明天的風》。

距離二十世紀最大的戰禍，迄今已經過了近八十年。包括日本在內的大多數國家，如今都繁榮平和。但是，我們不能忘記，在世界的其他角落，依然有少數地區和國家遭逢戰亂，民不聊生。壺井榮留下她經歷的大時代的故事，教我們不僅要珍惜現在，感念和平的可貴，更得發揚大愛，幫助世界其他不幸的人。

國家圖書館出版品預行編目（CIP）資料

明天的風 / 壺井榮文 ; 阿力金吉兒圖 ; 林宜和譯. -- 初版. -- 新北市 : 步步出版, 遠足文化事業股份有限公司, 2021.01
面；　公分
注音版
譯自 : あしたの風
ISBN 978-957-9380-79-9(平裝)

861.596　　109020759

明天的風
あしたの風

文　壺井榮
圖　阿力金吉兒
譯　林宜和
美術設計　劉蔚君

執行長兼總編輯　馮季眉
編輯總監　周惠玲
總 策 畫　高明美
責任編輯　徐子茹
編　　輯　戴鈺娟、李晨豪
印務經理　黃禮賢
印務主任　李孟儒

社長　郭重興
發行人暨出版總監　曾大福
出版　步步出版／遠足文化事業股份有限公司
發行　遠足文化事業股份有限公司
地址　231 新北市新店區民權路 108-2 號 9 樓
電話　02-2218-1417
傳真　02-8667-2166
Email　service@bookrep.com.tw
網址　www.bookrep.com.tw
客服專線　0800-221-029

法律顧問　華洋國際專利商標事務　蘇文生律師
印刷　中原造像股份有限公司
初版　2021 年 1 月
定價　260 元
書號　1BCI0015
ISBN　978-957-9380-79-9